这本书属于

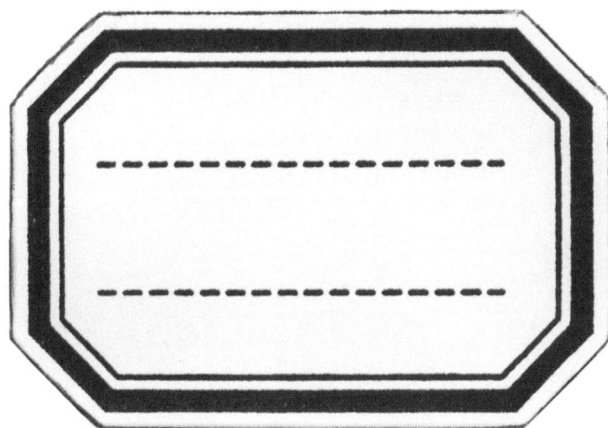

当你为别人做事的时候，
你就会忘记痛苦。
——艾玛·凯利

向玛丽亚·蒙台梭利（1870–1952）致敬，
她将她的事业和杰出的一生都献给了孩子。

图书在版编目（CIP）数据

亲近大自然 ／（法）普拉斯文 ；（法）封丹－里奇耶
图；苏迪译. —— 上海 ：华东师范大学出版社，2015.9
（蒙台梭利"自己做 做中学"系列）
ISBN 978-7-5675-3915-0

Ⅰ．①亲… Ⅱ．①普… ②封… ③苏… Ⅲ．①儿童文
学－图画故事－法国－现代 Ⅳ．①I565.85

中国版本图书馆CIP数据核字(2015)第222798号

First Published in France under the title: Le très très gros cahier de Nature de
Balthazar by Marie-Hélène Place, Illustrations by Caroline Fontaine-Riquier
©Hatier,Paris 2009
Translation copyright © 2015 by Shanghai 99 Culture Consulting Co.,Ltd

上海市版权局著作权合同登记 图字：09－2015－568

亲近大自然

编　　文	（法）玛丽－伊莲·普拉斯
绘　　画	（法）卡罗琳·封丹－里奇耶
译　　者	苏　迪
策划编辑	王　焰　　周　颖
责任编辑	金爱民
特约策划	李　殷
责任校对	王丽平
装帧设计	李　佳
出版发行	华东师范大学出版社
社　　址	上海市中山北路3663号　　邮编 200062
网　　址	www.ecnupress.com.cn
总　　机	021－60821666　行政传真 021－62572105
客服电话	021－62865537
门市(邮购)电话	021－62869887
地　　址	上海市中山北路3663号华东师范大学校内先锋路口
网　　店	http://hdsdcbs.tmall.com
印 刷 者	利丰雅高印刷（深圳）有限公司
开　　本	889×1194　16开
印　　张	9.5印张
版　　次	2015年11月第1版
印　　次	2016年4月第2次
书　　号	ISBN 978-7-5675-3915-0/G·8519
定　　价	40.00元
出 版 人	王　焰

（如发现本版图书有印订质量问题，请寄回本社客服中心调换或电话021－62865537联系）

亲近大自然

〔法〕玛丽-伊莲·普拉斯／文
〔法〕卡罗琳·封丹-里奇耶／图
苏迪／译

华东师范大学出版社

在生命的最初三年里，孩子们将会从周围的大自然中获取多种感知。

从三岁起，他们的意识开始逐渐形成，我们可以为他们提供一些信息，激发他们对花草树木的兴趣。

通过丰富他们的名词和形容词的词汇量，帮助他们进行知识分类并且强化他们的认知，我们将为他们未来的知识获取打下一个坚实的基础。

另外，他们对大自然自发形成的爱，也将能转变为他们对认知和理解的渴望。

"教育已获得感知能力的孩子是另一种完全不同的挑战……由于他们已经能够感知叶子与花朵的形状和颜色的微小不同，还有昆虫的各种特点，因此我们所展现的一切事物、给予的一切想法、诱导的一切观察行为都需要围绕他们的兴趣展开……所做的一切，都是为了让他们学会观察，并激发起他们对观察的兴趣。"

玛丽亚·蒙台梭利 《有吸收力的心灵》

早上，巴尔达萨和佩平坐在花园的一个小角落里，他们心想，今天干什么呢？

"郊游。"巴尔达萨建议。

佩平想知道"郊游"是什么意思。于是巴尔达萨向他解释，郊游就是一次在未知世界的探险旅行，如此，他们就能看到以前从未见过的花草和动物了。

"噢！"佩平说。

他们准备了一背包的东西，有塑料袋、铅笔、一本活页夹和一把剪刀等。

然后，他们朝着房后那片陌生的花园走去，他们去郊游了。

聆听自然

在花园、公园或者乡村，找到一个安静的地方。

坐下聆听你能听到的声音。

试着模仿每一个声音。

在大人的帮助下，你可以用语言描绘出你听到的声音，比如说：树枝噼里啪啦的声音，泉水稀里哗啦的声音，昆虫嗡嗡的声音。

让大人在这一页写下你找到的词汇。

大自然的声音

品味自然

在自然中，找出3样不同的东西，比如：一块石头，一朵花或一片苔藓。

把它们放在你的鼻孔下面，对着它们深呼吸。

试着描绘每一种气味。

让大人在这一页写下你找到的词汇。

大自然的味道

季节

每张图画都代表着一个季节。

仔细观察，想想到底发生了什么。

从冬天开始，大自然都裸露在外。

然后是春天，大自然开始穿上新装。

在大人的帮助下读出这些季节的名字，
然后在图画上写出相对应的名字。

夏天　　冬天　　秋天　　春天

然后是夏天，太阳变得滚烫。

最后是秋天，大自然再次凋零。

跟巴尔达萨

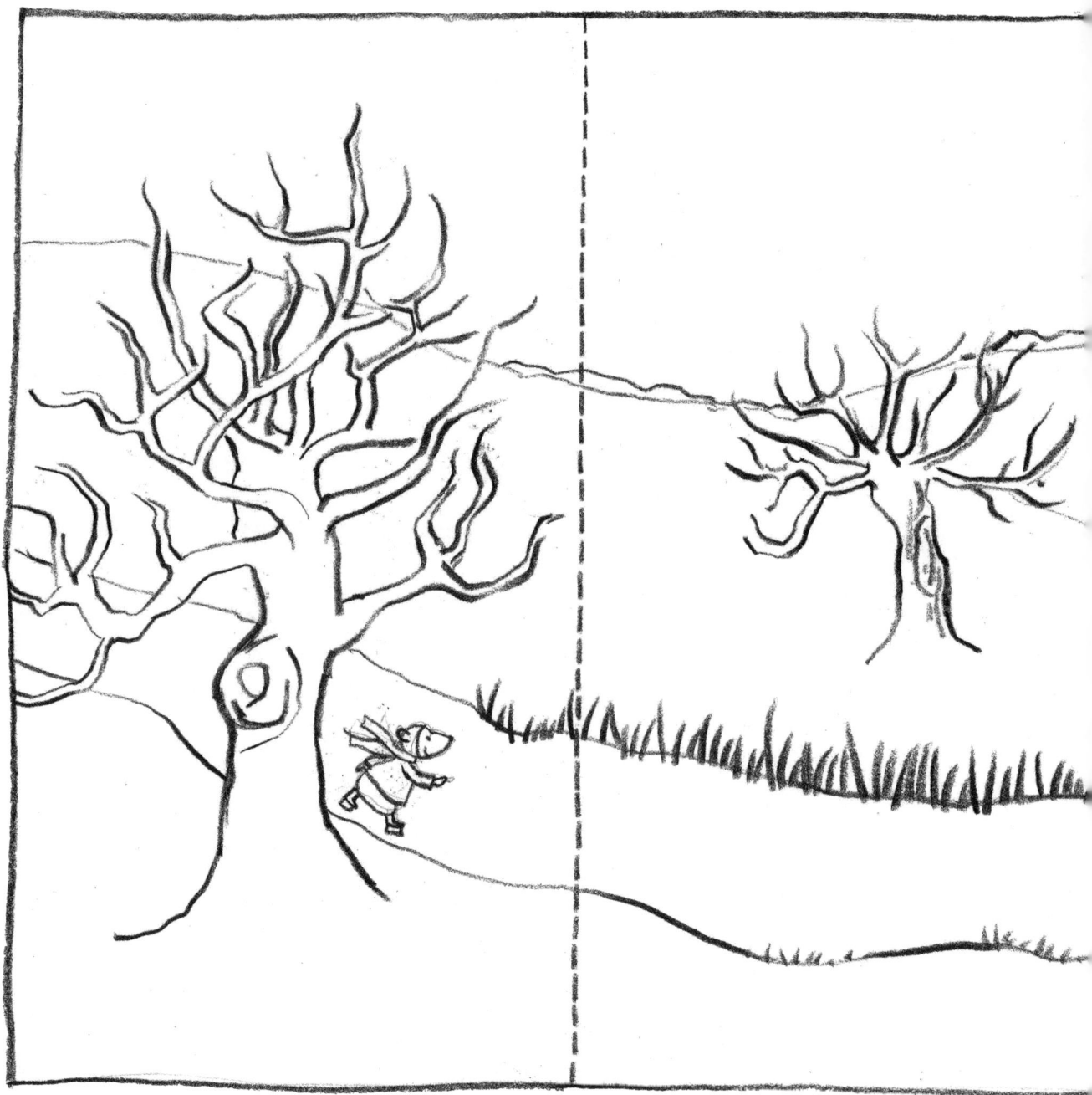

根据季节，完成图画的每一个部分。
你可以画上雪、草坪、花朵、叶子、太阳、果实、雨和动物……

一起畅游四季

仔细观察这幅图。这是什么季节?
你能叫出图中这些动物的名字吗?

找不同

这幅图和左边那幅图有6处不同。你能找到吗?
把它们圈出来。

凑近看一看大自然

趴在地上，仔细地看一看大自然。
观察并且描述正在地上爬行的小动物的形状。

这些动物只有团成一块的身体。

有壳	没有壳

 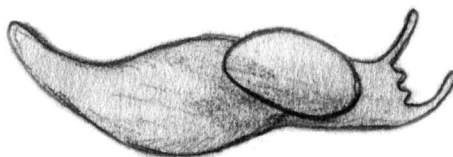

蜗牛　　　　　　　　　　　　　鼻涕虫

**这些动物的身体分成数节，
它们的身体是条状的。**

没有足　　　每节都有2对足　　　前面有3对胸足　　　前面是软足
后面没有足

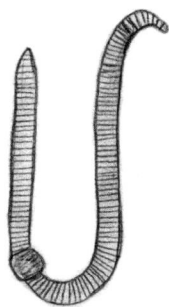 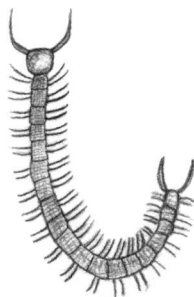  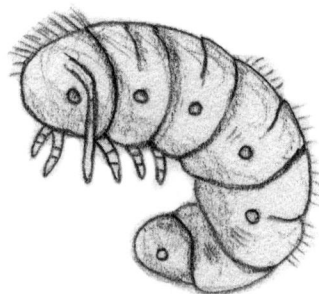

蚯蚓　　　　蜈蚣　　　　　蝴蝶的幼虫　　　　金龟子的幼虫

这些动物的身体分成数节，它们有3或4对足。

3对足

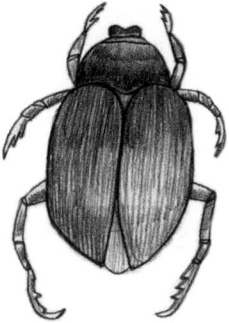  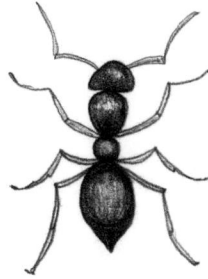

4对足

金龟子　　　　　瓢虫　　　　　蚂蚁　　　　　　蜘蛛

观察一只小虫，说出它的名字，把它画出来，并且用语言描述它。
让大人写下你的描述。

小小的种子

巴尔达萨种了一粒向日葵的种子。

他给它浇水。

时间慢慢地过去，说一说发生了什么？

种子也会旅行

大多数情况下，一旦种子成熟，它们就会掉落，然后会长成一棵新植物。

但有些种子也会旅行：它们有翅膀、羽毛、挂钩或者浮球。有时候，动物还会带着它们去更远的地方。

看一看这些种子。在大人的帮助下，读出它们的名字，并且描述它们是怎样旅行的。然后将种子和它们将会变成的植物连起来。

椰子

牛蒡

浆果

椰子树

牛蒡

蒲公英

蒲公英

花楸树

干花

加桑德拉和巴尔达萨想做一束不会枯萎的花：巴尔达萨把花朵摘下来之后，将它们放到了一个干燥凉爽的地方。

1到4个星期之后，花朵干了。

蓝色、橙色和粉色的花朵，晒干后最容易保持原有的颜色。

你可以为加桑德拉的花束涂上颜色。

可以吃的

当种子发芽后，你可以将它们作为调味料放进沙拉里。以下是几个你能在食品店买到的种子：金花菜（草头）、小萝卜、扁豆、赤豆……

在大人的帮助下，在水盆中将那些种子浸泡一整晚。

第二天，在盘子上铺上一层棉花，把棉花弄湿，然后把种子放到棉花上面。把盘子放到一个阴凉、温暖的地方，比如壁橱里。为了让棉花保持潮湿，早晚都要往棉花上面喷水。

三天后，种子就会开始发芽，根据种子的情况，四到六天后，种子就会变得足够大了。你可以把它们切成片，然后放进沙拉里。

植物种子

你也可以种一些香料，比如葱、罗勒、香菜或者香芹。
喜欢的香料种子你可以各买一包。

把种子放进花盆中，然后把花盆放在厨房的窗口。
浇完水，你不久就会看到种子发芽了。

当植物长到足够高，你就可以剪下一些叶子，并将它们撒进爸爸妈妈准备的沙拉里。

花朵印模

巴尔达萨和佩平用黏土做了一些花朵的印模。

每种花朵做了两份，请将相同的印模用线连起来。

试着读出每朵花的名字。有种花朵只有一份，是哪一个？把它圈出来。

胡萝卜花

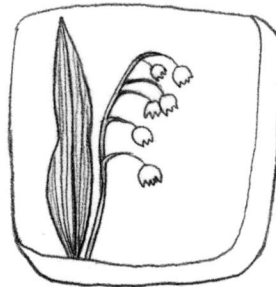
铃兰

雏菊

苜蓿

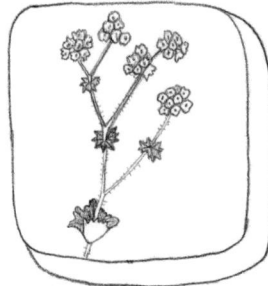
胡萝卜花

蒲公英

蒲公英

雏菊

铃兰

属于你的印模

你也可以自己制作花的印模。

你需要：
— 黏土，你可以在农用品商店买到。
— 擀面杖。
— 花朵和叶子。

在大人的帮助下：
— 将黏土均匀地擀成约7毫米厚的面饼。
— 用尺和刀，将面饼切成10厘米见方。
— 将花朵或者叶子按在新鲜的黏土里，留下一个印记。
— 将花朵或者叶子轻轻地揭下来。
— 你可以请别人在印模上写上花朵或者叶子的名字。
— 按这个步骤继续制作其他印模。
— 将印模晾干。

花朵的不同部分

仔细观察花朵和花朵的每一个部分。

花朵

花萼

花瓣

雌蕊

雄蕊

将指定的部分涂上颜色，并读出它们的名字。

花萼

花瓣

雌蕊

雄蕊

将整朵花涂上颜色

花朵

关于花朵不同部分的小故事

我知道花瓣，但花萼到底是什么东西呢?

花萼是花蕾变成的。

为什么花瓣五颜六色呢?

因为只有这样，昆虫才能把它跟绿色的叶子区分开来，它们要来吃花蜜。

为什么花朵要为昆虫提供花蜜呢?

当触碰花朵的时候，黄色的粉末就会留到我们的手指上：这就是雄蕊放出的花粉。雌蕊需要花粉才能结出果实，但雄蕊没办法亲自把花粉交给雌蕊。当昆虫过来喝花蜜的时候，它们就会沾到花粉，当它们再去喝另外一朵花的花蜜的时候，就会将花粉传递到那朵花的雌蕊上。于是，那朵花就会变成果实。有时候，小鸟和蝙蝠也会飞来喝花蜜，小鸟喜欢红花，蝙蝠喜欢非常香的花。

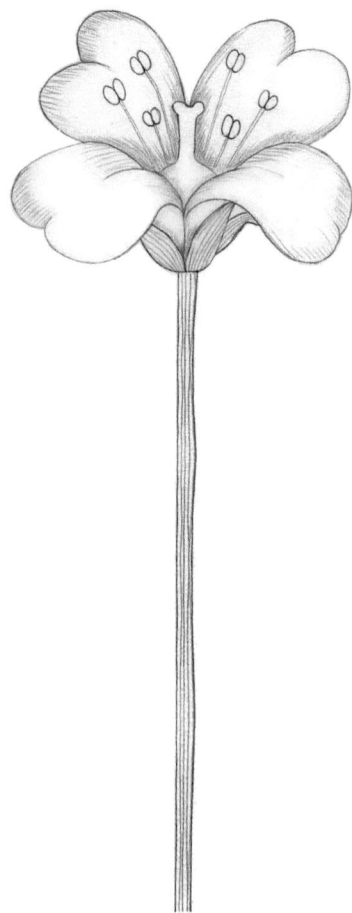

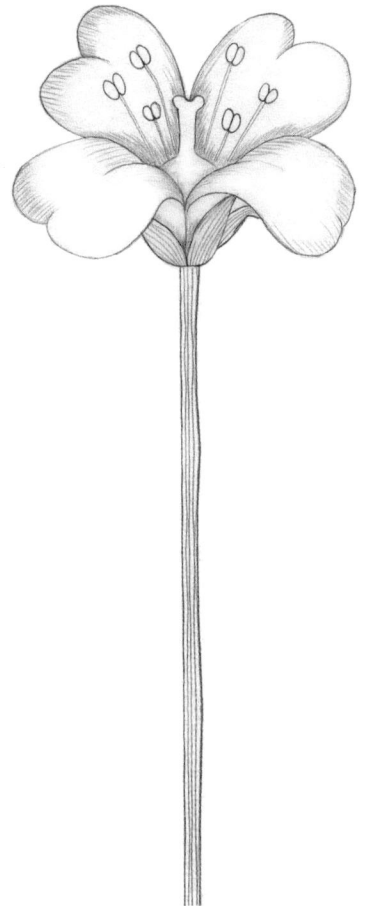

将花朵按颜色归类

我们可以将花朵按颜色归类。

观察这些花，在大人的帮助下，读出这些花的名字。

看一看那些颜色，并把它们读出来。

在圆圈中用彩色铅笔，涂上与花朵接近的颜色。

胡萝卜花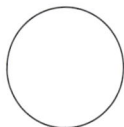

牵牛花 ○

白番红花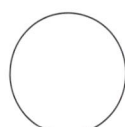

毛茛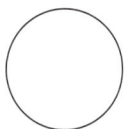

忍冬（金银花）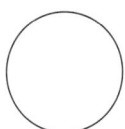

蒲公英

虞美人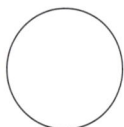

石竹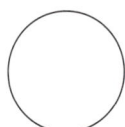

欧洲百合 ○

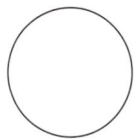 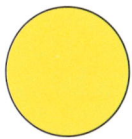    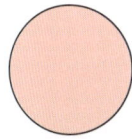 

白色　　　黄色　　　红色　　　蓝色　　　绿色　　　粉色　　　紫色

起绒草

石楠花

苜蓿草

麝香兰

鸢尾花

风铃草

勿忘我

龙胆草

紫罗兰

啤酒花

羽衣草

29

为花朵涂上颜色

观察这些花朵，
试着读出它们的名字，
然后根据前一页为这些花朵涂上颜色。

白番红花

虞美人

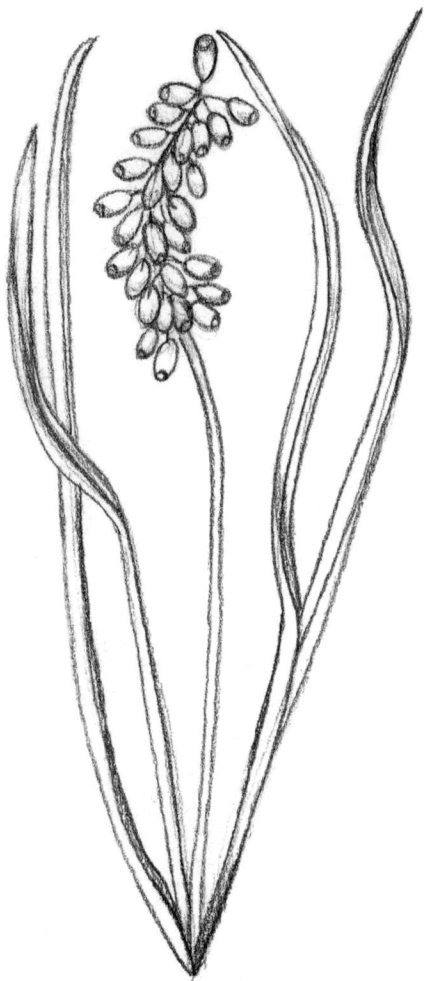

麝香兰

蒲公英

紫罗兰

为花朵命名

请大人和你一同辨认这些生长在自然界的野花。和他们一起大声念出花儿的名字并说出它们的颜色。

白番红花	山金车花	雪花莲	长春花（金盏草）

蒲公英	勿忘我	龙胆草	银莲花

石楠花	雏菊	毛茛	虞美人

海芋	麝香兰	天竺葵	紫罗兰

寻找并画下花朵

巴尔达萨和佩平正在低头寻找那些还没来得及被植物学家命名的野花，和他们一起寻找吧。你也可以将前一页的野花画在这里。

将花朵按形状归类

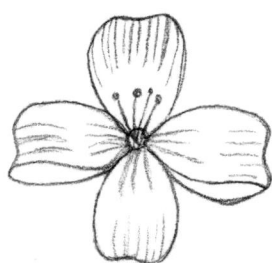

碎米荠

龙胆草

长春花（金盏花）

雏菊

仔细观察这些花朵。这些花的花瓣都是由花心向外放射性展开的。用红笔划出有4片花瓣的花朵名字，用蓝笔划出有5片花瓣的花朵名字，用黄笔划出有许多花瓣的花朵名字。

紫罗兰

杓兰

意大利红门兰

仔细观察这些花朵。它们的花瓣分成两部分：上部和下部。
这些花的花瓣都是左右对称的。

佩平为加桑德拉的娃娃采了一束非常漂亮的花。

看一看他摘的这些花，并观察它们的形状。

你可以数一下它们的花瓣数量。

将这些花与和它们相似的花用线连起来。

4片花瓣的花朵

5片花瓣的花朵

多于5片花瓣的花朵

花瓣对称的花朵

复印并临摹这朵花

为了看到花晒干前后的颜色变化，巴尔达萨用复印机复印了一朵花，然后将它晒干做成了标本。

请临摹巴尔达萨复印下来的胡萝卜花。

胡萝卜花

你的复印件

采一朵花，仔细地将它粘贴在一张白纸上，右边需要留出临摹的空间。让大人帮你复印。你可以将复印件粘贴在这一页，写上花的名字，然后在边上把它临摹下来。

昙花一现的沙拉

巴尔达萨做了一道昙花一现的沙拉，那是一块透明的冰块，里面冻着一些真花。佩平觉得这个主意很不错。

让大人陪你一起动手，做一盆昙花一现的沙拉。
你需要：

— 两个小碟子。
— 一些彩色的小花。
— 一台冰箱或者一台冷冻机。
— 把稍大的碟子放在桌子上，把小的那个放在里边。
— 在两个碟子之间倒入水，水位大约与碟口持平。
— 拿起小碟子。
— 在大碟子底部放进那些花。
— 重新把小碟子放进大碟子中，将花留在两个碟子之间。
— 把两个碟子一起放进冷冻柜里。
— 第二天，拿出这两个碟子。把碟子揭开，昙花一现的沙拉就做好了。

印度符号

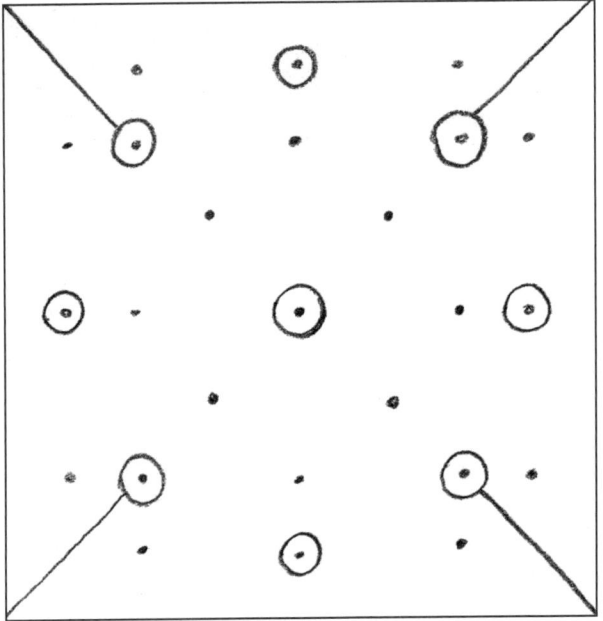

在印度，女人会画特殊的印度符号：她们会在家门前，用彩色的糯米粉在地上画出一些图案。

仔细观察这些用花朵和叶子组成的印度符号。

通过连接这些点，画出一个与左侧相同的符号。你可以将它们涂上不同的颜色。

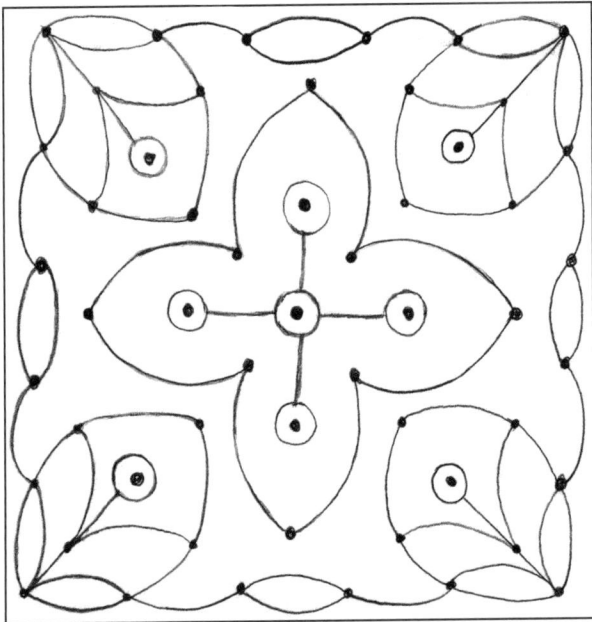

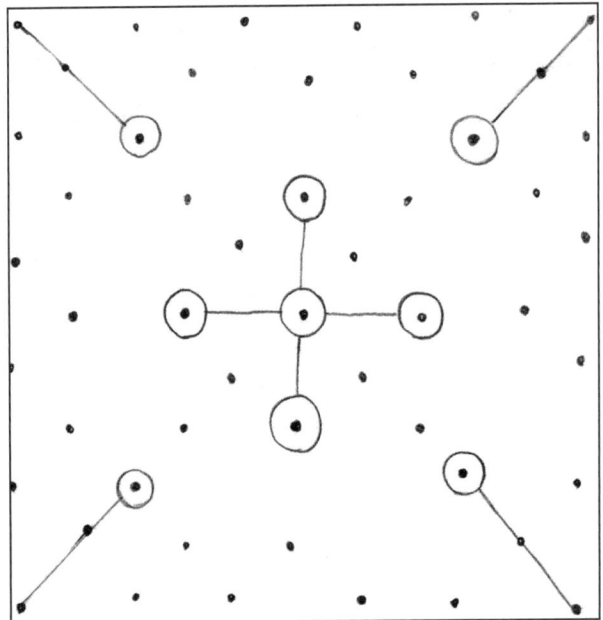

首字母

在中世纪的欧洲，书本都是手写的。每一章节的首字母通常都会用大自然元素作为装饰。看一看巴尔达萨画出的首字母。然后帮佩平也设计一个，并为它涂上颜色。

你的首字母

请大人帮你写一个代表你名字的大大的首字母。

从前一页剪下你想要的花朵和叶子，然后把它们粘贴在你的首字母上作为装饰。你可以借鉴一下巴尔达萨和佩平的首字母。

树木和四季

观察并且描述这些树木。说出这时我们所在的季节。

叶子几乎已经掉光了。

这是冬天。

展露新芽了。

这是春天。

观察这些图画，并说出这时我们所在的季节。
将树和巴尔达萨所在的季节对应起来。

有叶子还有果实。

这是夏天。

叶子变颜色了，并且开始掉落。

这是秋天。

拥抱大树

用你的手臂抱住大树，然后闭上眼睛。

用你的手感觉树皮的质地。

闻树干的气味。

听居住在树上的小鸟和昆虫发出的声音。

把你的脸慢慢地贴上去。

如果你想，你可以跟它说悄悄话。

树皮拓印

巴尔达萨和佩平决定不把郊游途中遇到的大树带回家。
但他们想把树皮拓印下来。
佩平小心翼翼地把一张纸按在了树皮上，
巴尔达萨用蜡笔在纸上涂色。

请大人帮你按着纸，或者用绳子
把纸绑在树上，如此，你就可以拓印
树皮了。

拿出一支蜡笔，撕去标签，然后
用蜡笔在纸上涂色，直到大树的轮廓
显现为止。

试着用不同颜色的蜡笔涂色。小
心，不要伤害到树皮。树越大，效果
就会越好。

请大人帮你在拓印好的纸上写上
树的名字。

你可以把做好的树皮拓印粘贴在
后面几页上。

你的树皮拓印

把你的树皮拓印粘贴在这里

你的树皮拓印

把你的树皮拓印粘贴在这里

你的树皮拓印

把你的树皮拓印粘贴在这里

你的树皮拓印

你的树皮拓印

把你的树皮拓印粘贴在这里

树的不同部分

仔细观察树以及树的每一个部分。在大人的帮助下，读出它们的名字。

树

树根

树干

树枝

树叶

将指定的部分涂上颜色，并读出它们的名字。

树根

树干

树枝

树叶

将整棵树涂上颜色。

树

关于树不同部分的小故事

树根有什么用？

树用它来吸收养分。当大树渴了，树根就会吸收土壤中的水。

为什么树需要土壤和水才能生存？

树所需的矿物质都在土壤中，树根就像嘴一样吸收着矿物质和肥料。水能帮助树根把养分吸收进去。

一棵树有很多张嘴吗？

是的，一棵树有成千上万张嘴，因为它需要大量的营养来满足它巨大的身体。树根像吸管一样，但它只能将养分输送到树干。树干和树枝也像吸管一样，它们能把养分输送到树叶。

树叶有什么用？

树叶能够烹饪吸收进来的养分。树叶使用阳光进行烹饪。阳光照到树叶上，树叶就会马上开始烹饪，这就好像我们做菜需要点火一样。树叶烹饪出来的菜名叫树液，树液会被当作养料立刻输送到树的全身。

树的年龄

树是地球上高度最高的生物，也是寿命最长的生物之一。
它们可以活几百年。
当树被砍倒后，你就可以通过观察它的年轮来判断它的年龄了。
数一数从树干的中心到最外层一共有几圈。
每一圈都代表着树的一年寿命。

这棵树几岁了?

木头有什么用?

仔细观察这些从巴尔达萨房间里搜出来的东西，并说出它们的名字。

用红笔圈出玻璃制品，用蓝笔圈出织物，
用棕笔圈出木制品，用绿笔圈出皮革制品，
用黑笔圈出金属制品。

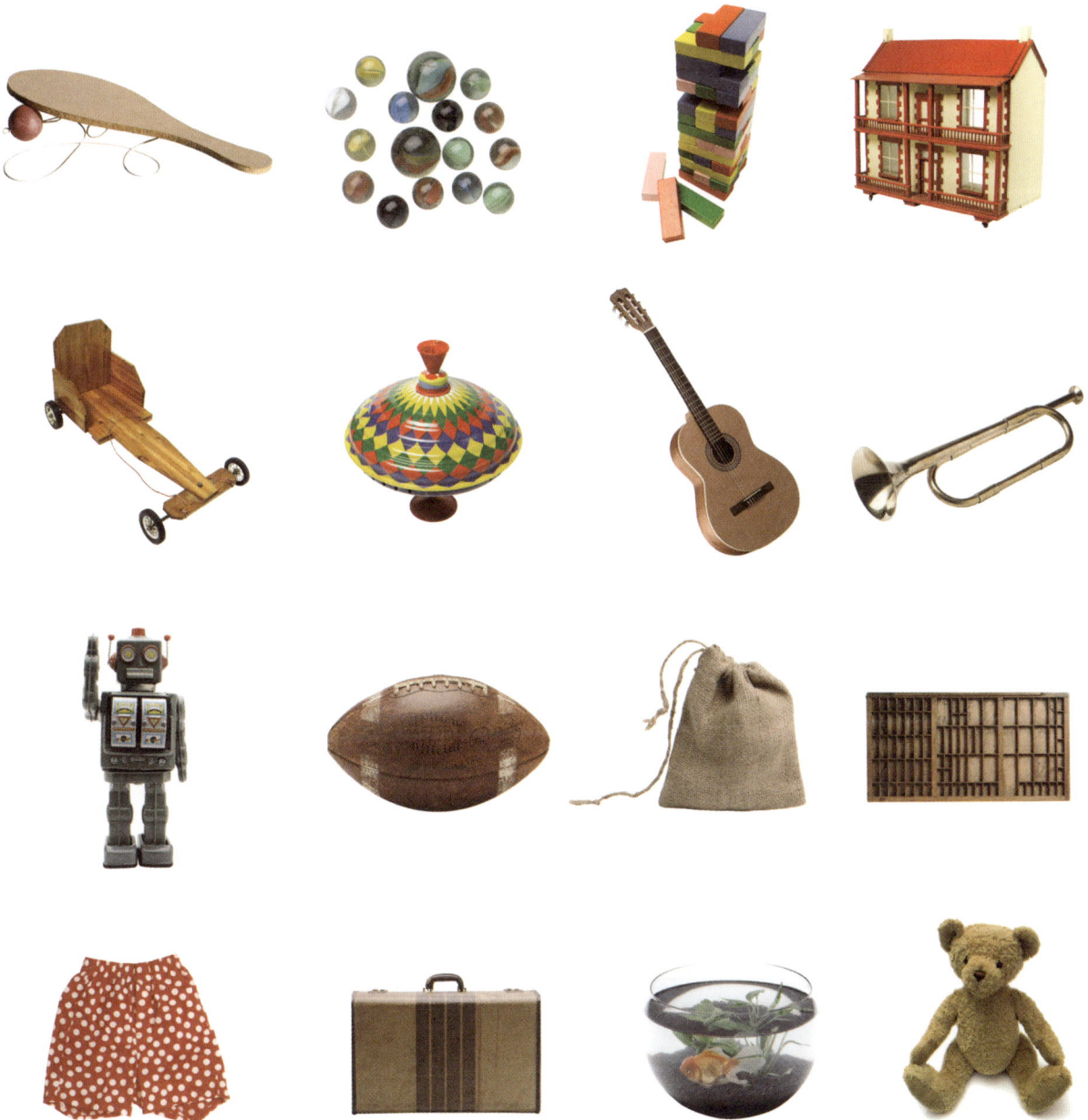

有多少东西是用木头做的?
看一看你的周围，有木制品吗? 都是一些什么东西?

编织天堂

很多古老的民族都认为树代表着生命。
树和花草是手艺人编织地毯时经常会用到的图案，
比如这条地毯：

观察这条地毯。你认识哪些东西？你可以将地毯涂上颜色。

你的地毯

你可以用彩色铅笔，在下面的方框里画上树木、花朵、叶子和小鸟，制作一条属于你自己的地毯。

松鼠

每棵树都被这只小松鼠摘去了一颗坚果，并且弄掉了一片叶子。
你能读出每颗坚果的名字吗？然后将它们与对应的树用线连起来。

栗树

橡树

核桃树

核桃

栗子

榛子

榛树

扁桃树

橡子

扁桃

拟人化的树

有时候，树会被我们想象成为人。

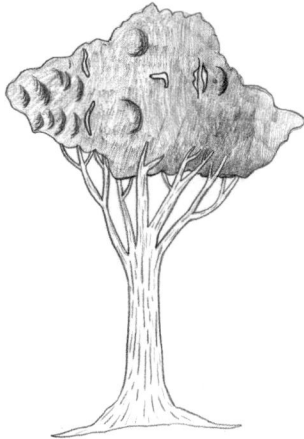
正在沉思的树

大头树

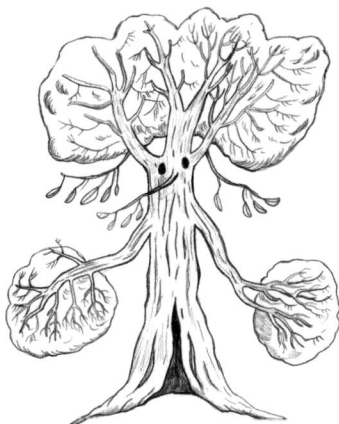
大脚巨树

惊讶的树

用彩色铅笔为这棵树添画树枝做的眉毛、树干做的鼻子、树叶做的眼睛，
看看像不像一个人……
给他取一个名字。

汤姆·阿特先生的菜园子

仔细观察这幅图。你能说出你看到的蔬菜和水果的名字吗？
你认识这棵树吗？这是在哪个季节？为什么？

这幅图和左边那幅图有7处不同。
你能找出这些不同吗？把它们圈出来。

桑椹和果酱

季夏时分，巴尔达萨和佩平喜欢摘桑椹。他们边吃边把桑椹放进篮子里。他们把摘下来的桑椹带回家，用来做桑椹果酱和水果饼。

桑椹果酱的制作秘方：

— 洗好桑椹，然后称重。
— 每千克桑椹需要加750克白糖。
— 把桑椹放入一个大盆子里，然后倒入白糖，盖上一个盘子，放置一个晚上。

— 第二天早上，把桑椹连同它的汁水和糖一起，放进一个大锅煮开。煮10分钟后关火。
— 加入柠檬汁，搅拌。
— 准备一个用沸水消过毒的干净玻璃罐，让大人帮你把滚烫、黏稠的果酱倒入罐子中，然后盖上盖子，冷却。
— 当罐子冷却后，你就可以打开罐子品尝了。

苹果桑椹饼的制作秘方

配料：

5个苹果

50克黄油

100克桑椹

50克白糖

150克麦片

FLOCONS D' AVOINE AB

— 将每个苹果切成四份，然后将它们放进涂了黄油的烤盘中。

— 在上面撒上桑椹。

— 把麦片、溶化了的黄油、糖放进一个碗里。

— 用手搅拌它们，直到它们凝结成颗粒。

— 把搅拌好的东西撒在苹果和桑椹上面。

— 请大人帮你打开烤箱，用180度高温烤30分钟。

— 趁热吃。

两只小鸟

巴尔达萨用捡来的树枝、木头、叶子和果实，做成了两只鸟。
这两只鸟正互相交谈着。

你觉得它们正在说什么呢？请大人帮你写下来。

两只……

　　在后面几页中，你可以找到你想要的材料，剪下它们，并搭出你想象中的动物，然后将它们粘贴到本页上。

　　再为你的创意取一个名字。

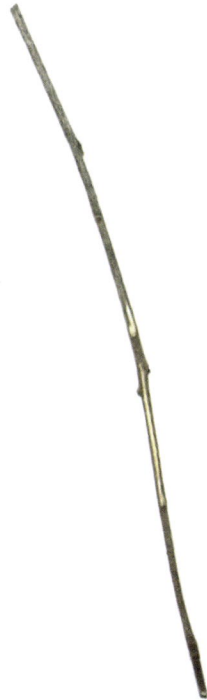

两只……

你也可以在大自然中捡一些树枝、叶子和花朵……
并用它们设计出另一个创意。
在大人的帮助下，你可以用照相机把它们拍下来。

一只……

巴尔达萨沿着小路继续往前走，他又找到了一块木头。

这块木头就好像 ＿＿＿＿＿＿＿＿的脑袋。

由这块木头你想到了什么？

你可以剪下你想要的材料，涂上颜色，并将它们粘贴在这块木头上，制作成一个现实中或者想象中的动物。

然后，为它取一个名字。

走进了迷宫

园丁在迷宫中修剪出了一个人。

巴尔达萨非常惊讶地面对着他。

将黑点从1到10连接起来，再将灰点从1到10连接起来，然后，你就能找到他了。

他是谁？

诗 歌

很抱歉打扰你，
漂亮的橙色花，
请问，
果园里有没有好吃的？

试着让孩子自己写一首诗。

_____

_____

_____

_____

试着用图画来说明你的诗想要表达什么。

叶子的不同部分

仔细观察叶子和叶子的每一个部分。
在大人的帮助下，读出它们的名字。

叶子

托叶

叶柄

叶脉

叶片

将指定的部分涂上颜色，并读出它们的名字。

托叶

叶柄

叶脉

叶片

将整片叶子涂上颜色。

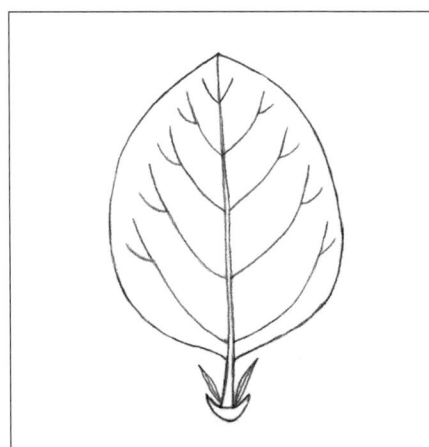

叶子

不同形状的叶子

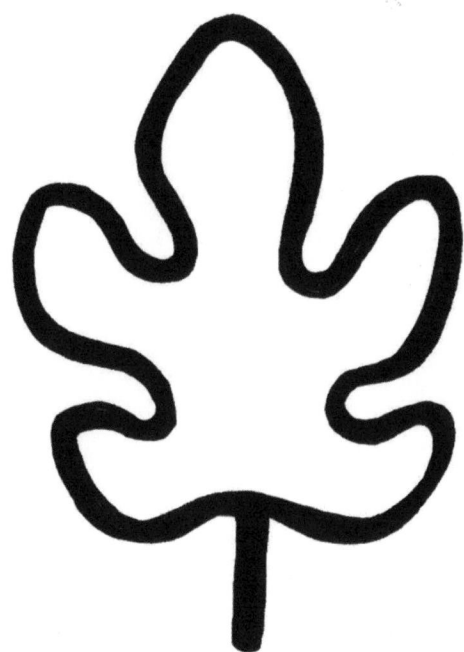

用绿色将这片叶子涂满。

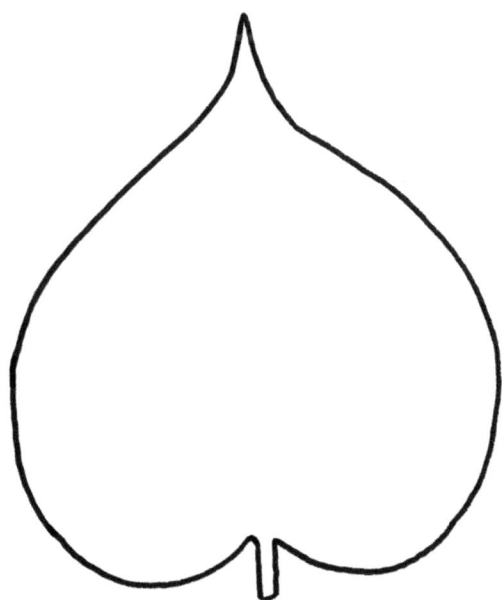

这是一片掌状叶。它就像一只张开的手掌。

用绿色将这片叶子涂满。

这是一片心形叶。它是心形的。

不同形状的叶子

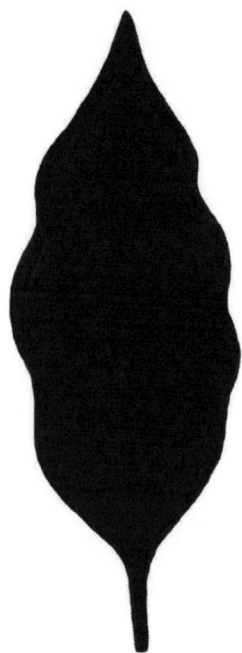

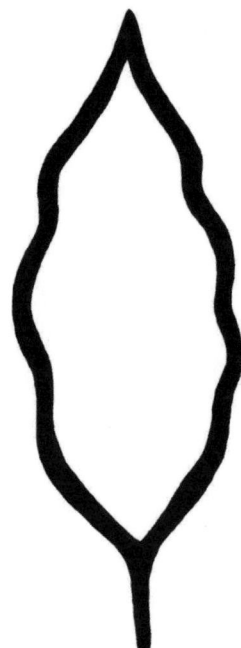

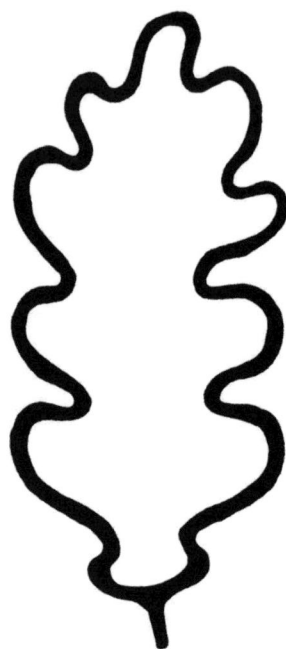

用绿色将这片叶子涂满。

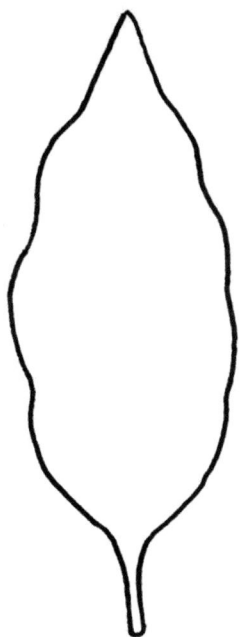

这是一片长形叶。它很长。

用绿色将这片叶子涂满。

这是一片裂形叶。它被分为
几片波形的裂片。

树木、叶子记忆游戏

这个游戏可以几个人一起玩。

在大人的帮助下，用后面的材料页剪出一些带有叶子的卡片。

仔细观察每片叶子，你可以把它们描述出来，并说出它们的名字。

将卡片混在一起，背扣在桌子上，摆成一个方阵。

翻开一张卡片，看一看那片叶子，并说出它的名字。

然后，再翻开另一张。

如果两张卡片相同，收走这两张卡片，并继续玩。

如果两张卡片不相同，重新将它们背扣在桌子上。

轮到另一个人翻开两张卡片。

当所有的卡片被翻开后，游戏就结束了。

接着，你可以剪出一些带有树木的卡片，用同样的方法进行游戏。

之后，你可以将5张带有叶子的卡片和5张带有树木的卡片一起玩。
让叶子和树木配对。

 橡树	 栗树	 白杨树
 银杏树	 冬青树	

橡树叶	栗树叶	白杨树叶
银杏树叶	冬青树叶	

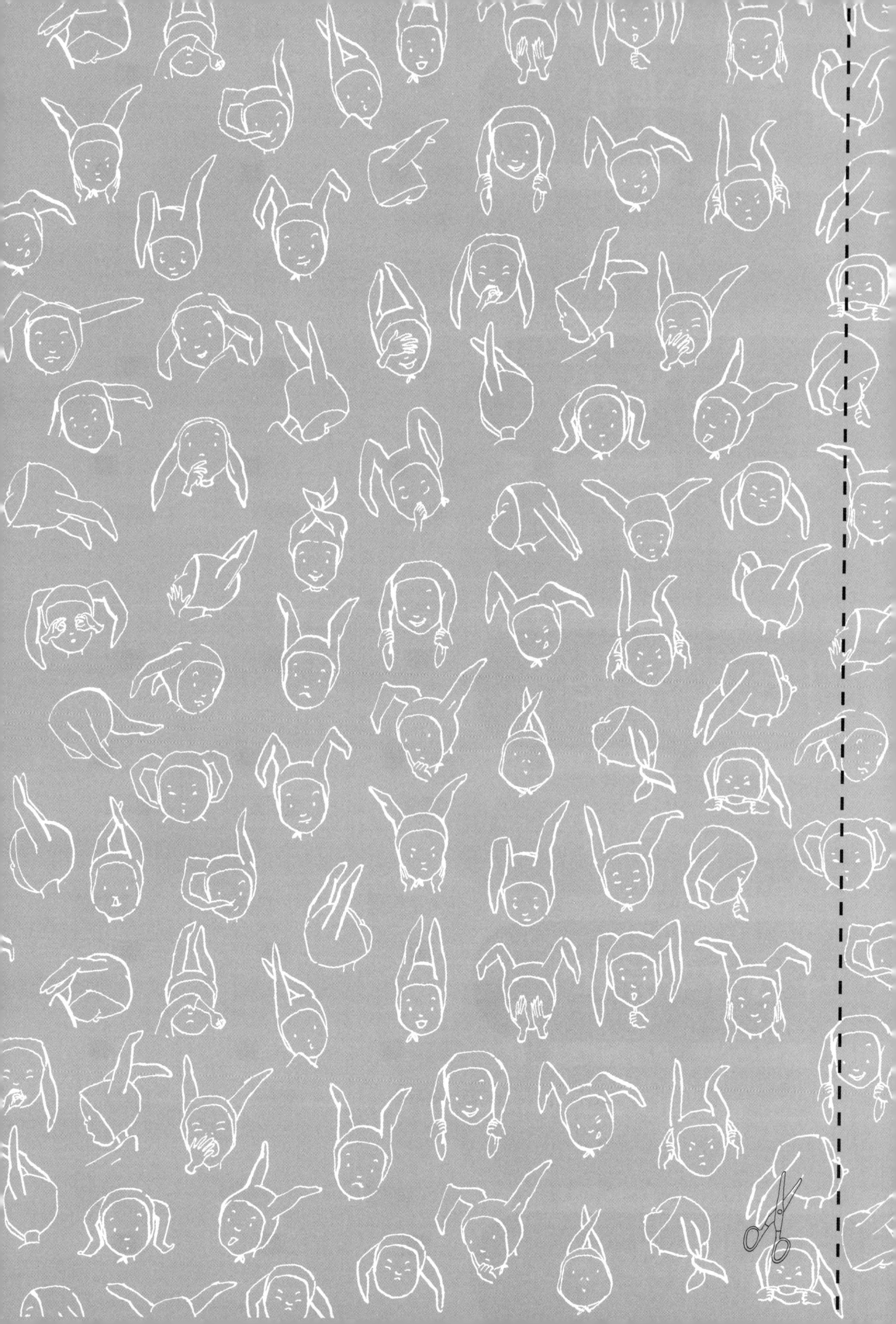

神奇的口袋
树叶

你需要：

一个纸袋或者布袋。

从前勒口和后勒口剪下5组不同的叶子，每组两片。

将这10片叶子放进袋子里。

让别人帮你蒙上眼睛。

把一只手伸进袋子里，选一片叶子取出来。

你能说出它是什么树的叶子吗？是橡树叶？栗树叶？银杏树叶？冬青树叶？还是白杨树叶？

把叶子放在你的面前，再把手伸进袋子里。

这一次，摸一下不同叶子的形状和大小，试着找一片和先前那片相同的叶子。

当你觉得你找到了，你就把它拿出来，并把它放在你的面前。

你可以睁眼看一下：这两片叶子是否真的相同？

如果相同，你就保留这两片叶子，如果不同，你就把叶子放回袋子里。

然后轮到另一个人。

当叶子被拿光后，游戏就结束了。

朱迪·卢巴博的商店

仔细观察这幅图。
发生了什么？你能说出货架上那些东西的名字吗？
这是在哪个季节？

找 不 同

这幅图和左边那幅图有6处不同。
你能找出这些不同吗?
把它们圈出来。

为这个木板涂上颜色。

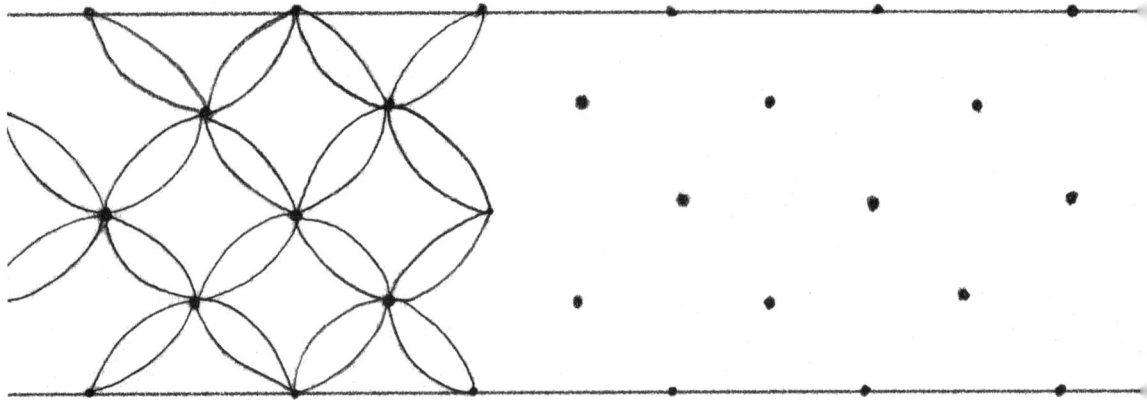

为这个木板涂上颜色。

为这个木板涂上颜色。

叶子的木板

完成这个木板。

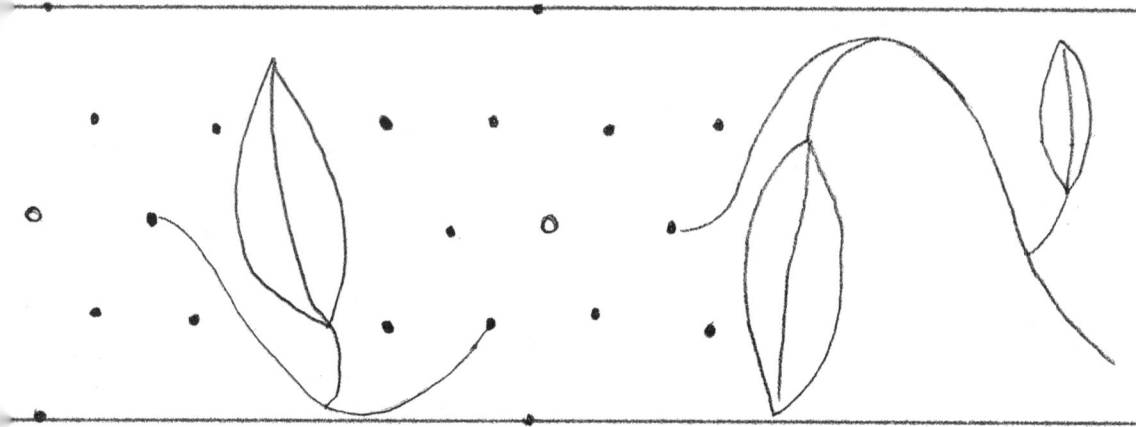

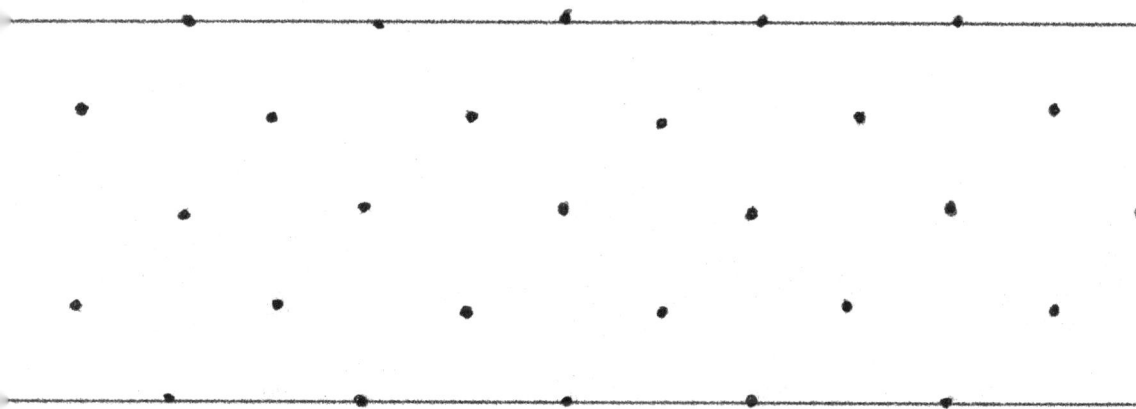

完成这个木板。

菌 菇

这是两种可以吃的树菇，为它们涂上颜色。

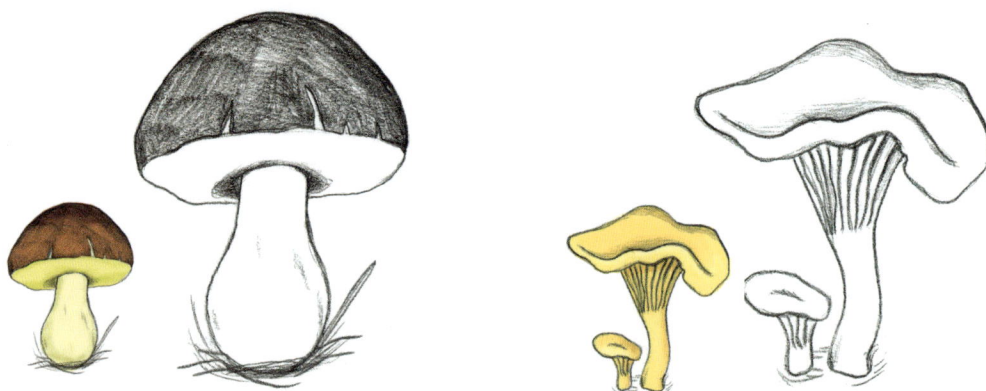

牛肝菌

它的顶是棕色的，
形状像一个塞子，
它的柄很胖，
比顶的颜色要淡。

鸡油菌

它是黄色的或者橙色的，
它的顶是张开的，
下面一截有褶皱。

这是两种可以吃的草菇，为它们涂上颜色。

洋蘑菇

它的顶是白的，
下面有粉色的菌褶，
这些菌褶会变成棕色，
它的柄又胖又短。

羊肚菌

它的顶是棕色的、锥形的，
看上去像一块海绵。

这两种菌菇绝对不能碰也不能吃。它们有剧毒。

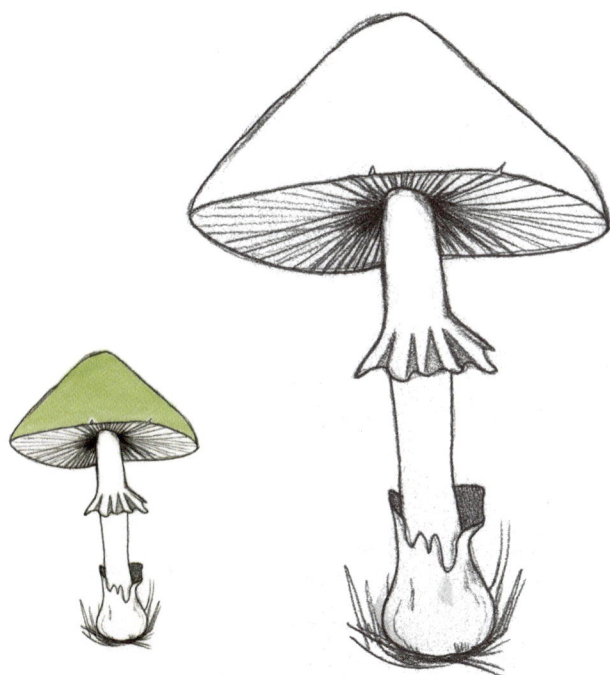

鬼笔鹅膏菌

　　它的顶是橄榄绿的，它的柄很细，泛白色，最下方有个凸起物。

毒蝇鹅膏菌

　　它的顶是红色的，上面带着白色的斑点。它的柄是白色的，底部膨大。

全世界最美味的菌菇

想象一个全世界最美味的菌菇，并把它画出来。
给它取个名字，请大人帮你写下来。

全世界最有害的菌菇

想象一个全世界最有害的菌菇，并把它画出来。
给它取个名字，请大人帮你写下来。

找菌菇

巴尔达萨、佩平和阿尔班出门找菌菇。
他们找到了一个菌菇，他们观察了一下，描述了一下，
在菌菇的目录中找到了它的名字。
如果它能吃，他们就用刀把它切下来，如果不能，
他们就不要。
你能帮他们找到菌菇吗？在画中圈出这些菌菇。

你找到了多少？数一数，并圈出对应的数字。

I	2	3	4	5	6	7	8	9	I0

描述这些菌菇，试着说出它们的名字。
哦，不！有些菌菇不能吃，它们有剧毒，是哪一些？
再一次用红色的笔把它们圈出来！

烧菌菇的秘方

奶油鸡油菌

— 洗干净那些鸡油菌，但不要浸泡它们。

— 在大人的帮助下，在汤汁中文火焖大约二十分钟。

— 将它们沥干。

— 加入盐和鲜奶油。

— 你可以将它们拌面吃，或者夹在蛋卷里。

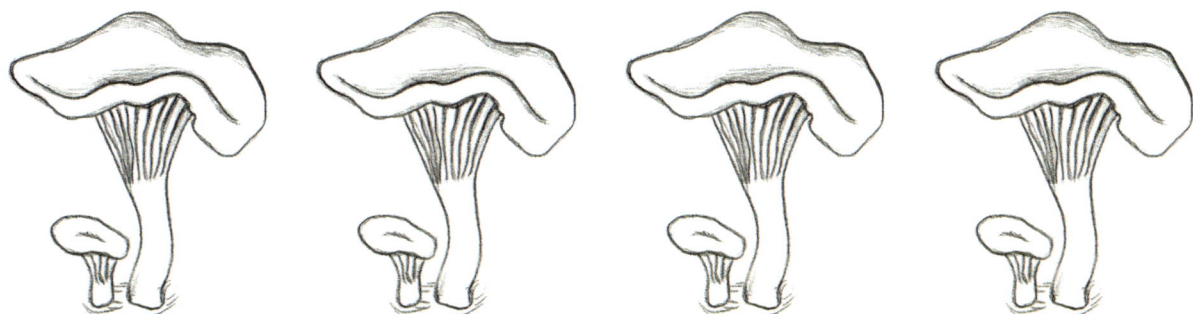

盆景

巴尔达萨用从大自然中找到的沙、小石头、松果、树枝……
在一个纸盒中做了一个盆景。
你可以为这个盆景涂上颜色。

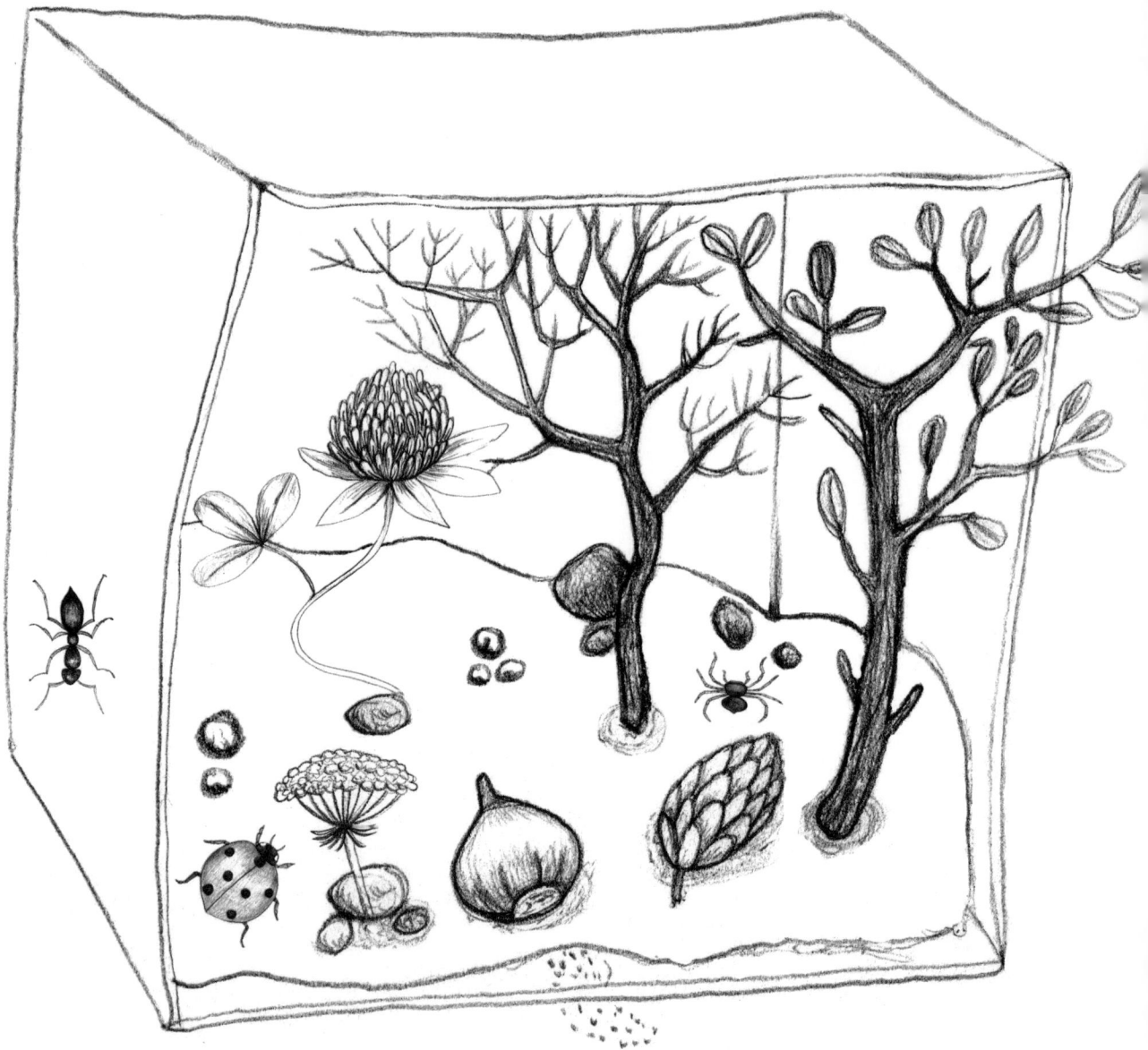

你的盆景

你也可以在纸盒中做一个盆景。

从大自然中捡一些东西，然后搭建出一个你想在其间漫步的盆景。

你也可以用你的彩色铅笔在这一页画出这个盆景。

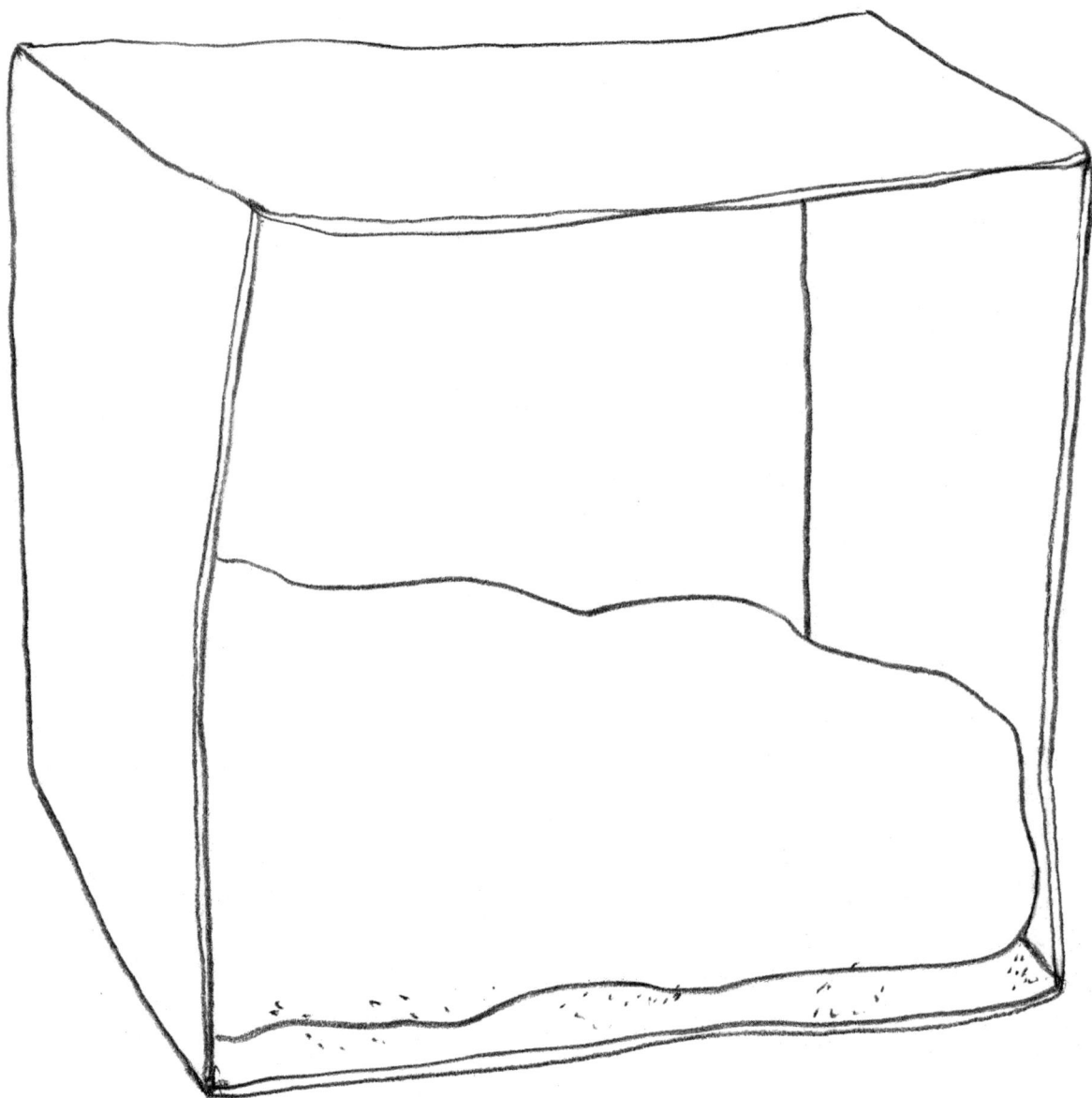

起点

捡
3个苹果

你摔倒
了，丢了所
有的苹果

捡到
2个苹果

捡到1个苹果

秋天，巴尔达萨把落到地上的苹果装进篮子里。帮他捡尽可能多的苹果。掷色子，然后沿着果园的道路出发。这个游戏可以一个人玩，也可以几个人一起玩。

捡到2个苹果

捡到1个苹果

捡到1个苹果

苹 果 游 戏

你的篮子破了一个洞，丢了2个苹果

终点

你可以拿块石头作为棋子，用纽扣或者其他东西代表你捡到的苹果。篮子里有几个苹果？数一数每个人的收获。

苹果

巴尔达萨提议和佩平一起吃个苹果作为点心。削完皮之后，他将苹果切成了两半。他们发现其中半个苹果里住着一条小虫，它在里面打了个小洞。现在，它正到处乱窜。巴尔达萨将那半个苹果放在了草丛中，让小虫可以去它想去的地方散步。然后，他和佩平一起吃了剩下的半个苹果。

想象你住在一个苹果里。画出你的房子。

大滑梯

巴尔达萨、佩平、南茜的哥哥欧拉斯和他的弟弟查理一起做了一个滑梯。你觉得谁滑到底下的时候最快？最轻的那个还是最重的那个？

是 _____

南茜想把采来的叶子放在滑梯底下。将这些点从1到20连接起来，然后你就会知道她是怎样运送这些叶子的。

冰雪王国

仔细观察这两幅图。
巴尔达萨和佩平在做什么？他们使用了什么道具？
这是在哪个季节？

找 不 同

这幅图和左边那幅图有8处不同。
你能找到它们吗?
把它们圈出来。

足迹

什么是足迹?

仔细观察每一个动物，说出它们的名字，然后观察它们的足迹。

有没有动物正在奔跑?

用不同颜色的铅笔将每个动物的足迹和它们的腿连起来。

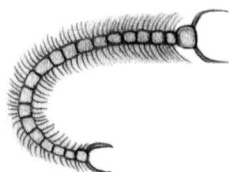 

布满足迹的沙盆

巴尔达萨和佩平从花园里挖来了一些细沙，并把它们装进了一个大盆子。

他们用手把沙面压得很平。

为了吸引动物，他们在沙盘中间放了一个小盘子，在盘子里放满了谷物、面包屑和饼干屑。

他们把沙盘放在了门外。

第二天早上，他们看到了动物在沙盘上留下的足迹。

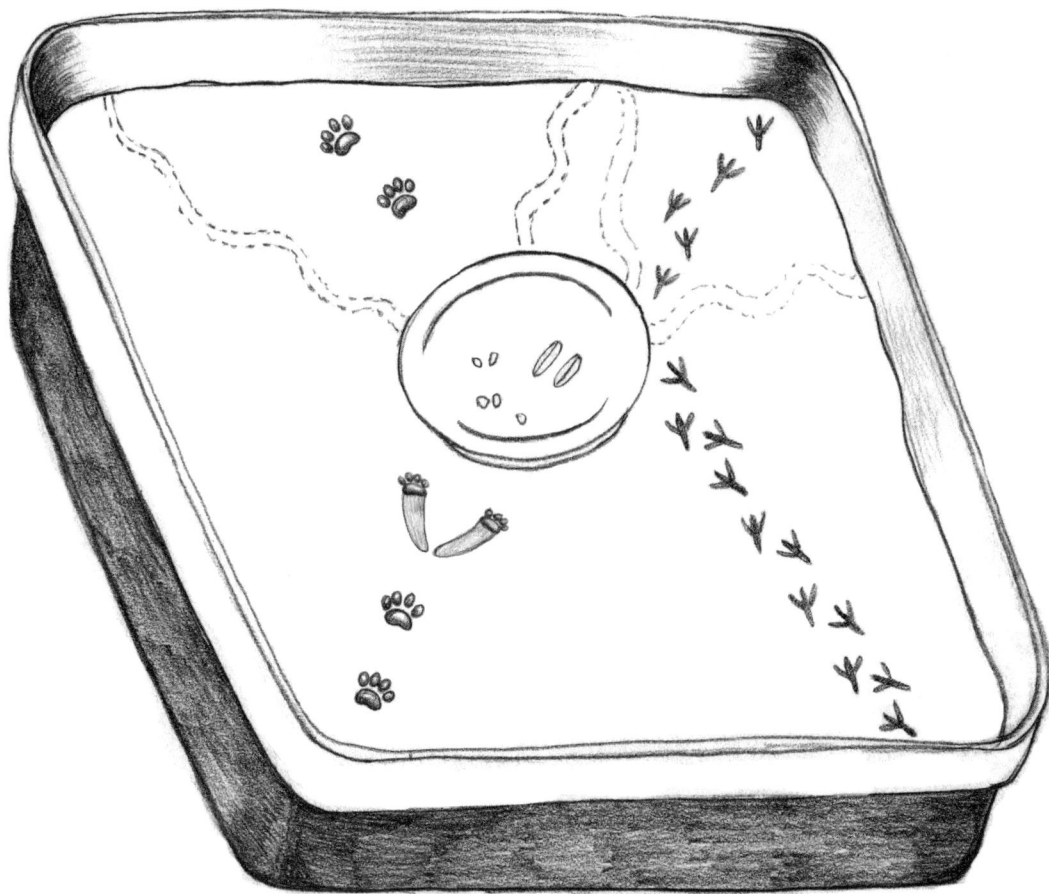

谁来吃过东西了？

仔细观察这些足迹，看看上一页，辨认出每一种动物。

你也可以放一个沙盘在门外，然后观察一下小动物留下的足迹。

看一看这些小鸟

在郊游的时候，巴尔达萨和佩平看到了许多漂亮的小鸟。

红胸鸲

红尾鸲

山雀

喜鹊

仔细观察这些小鸟，并描述它们。
在大人的帮助下读出它们的名字。
看一看它们的颜色和形态。

啄木鸟

燕子

为小鸟涂上颜色

看一看这些小鸟。
你认识它们吗？

再仔细看一看前面几页，这些小鸟是什么颜色的？
你可以为小鸟涂上颜色。

喂养和庇护小鸟

你可以在窗前或者你家的院子里放一些小鸟爱吃的食物，小鸟就会被吸引过来了。冬天这样做最有效。

在大人的帮助下，在你家厨房的窗口横放一根长杆，上面用铁丝或者绳子系上不同的食物：

神奇土豆：将谷物放在一个煮熟的土豆里。

酸奶罐：将溶化了的脂肪、黄油或者奶油加上为小鸟准备的谷物一起搅拌，然后倒进一个酸奶杯里。当它们冷却变硬后，把它们倒出来。

花生条：在一根线上，穿上一些没有烧过，也没有加过盐的花生。

谷物瓶：你可以在一个事先剪开的塑料瓶里，放进一些葵花子。

你也可以在窗台上放一浅盆水：小鸟喜欢洗澡。

特别注意，别让你的猫和狗碰这些东西！

一旦小鸟飞到了你家窗台上，你可以在大人的帮助下，为小鸟做一个窝。这样，你就可以更仔细地观察它们了。

当鸟窝做好后，你可以将它挂在高处，阴暗、没有猫的地方。
你可以在里面放一些谷物，小鸟会发现它的。

观察小鸟

现在，你已经有了鸟窝、水槽和食物槽了，
观察这些小鸟，看一看它们喜欢吃什么东西。
在大人的帮助下，记录下它们吃过的东西。

神奇土豆	
酸奶罐	
花生条	
谷物瓶	

燕雀　　　麻雀　　　灰雀　　　云雀　　　金翅雀

你的小鸟

画出你观察过的小鸟，然后为它们涂上颜色。
你可以写上它们的名字。

剪下这12幅图。

季节和记忆

冬天的大自然。仔细观察这些东西的次序，然后翻页。

松果

冬青树叶

树

春天的大自然。仔细观察这些东西的次序，然后翻页。

草莓

水仙花

蜗牛

夏天的大自然。仔细观察这些东西的次序，然后翻页。

梨

杏

番茄

秋天的大自然。仔细观察这些东西的次序，然后翻页。

南瓜

叶子

栗子

季节和记忆

在前一页中，这些东西是怎样排列的？
将它们粘贴在每个季节的方框中。

冬天

春天

夏天

秋天

你的记忆游戏

当你在大自然中散步的时候，你可以捡一些你喜欢的东西。

比如说松果、石子、苔藓或树枝……

回到家里，取出4样东西放在一块木板上。

在家人或者朋友面前展示一下，然后用布把木板蒙起来。

还记得是些什么东西吗？

然后用5样不同的东西玩这个游戏。

之后，你可以改变这个游戏。

换另一个人在木板上放一些东西，

由你去猜。

蝴 蝶

仔细观察这些蝴蝶。

它们翅膀的颜色很丰富。

蝴蝶会变形：

靠吃植物为生的蝴蝶幼虫从虫卵中爬出来。

幼虫会变成蛹，
在蛹中，它会蜕变成为一只蝴蝶。

蝴蝶爬出蛹，然后起飞。
蝴蝶只在白天飞行。

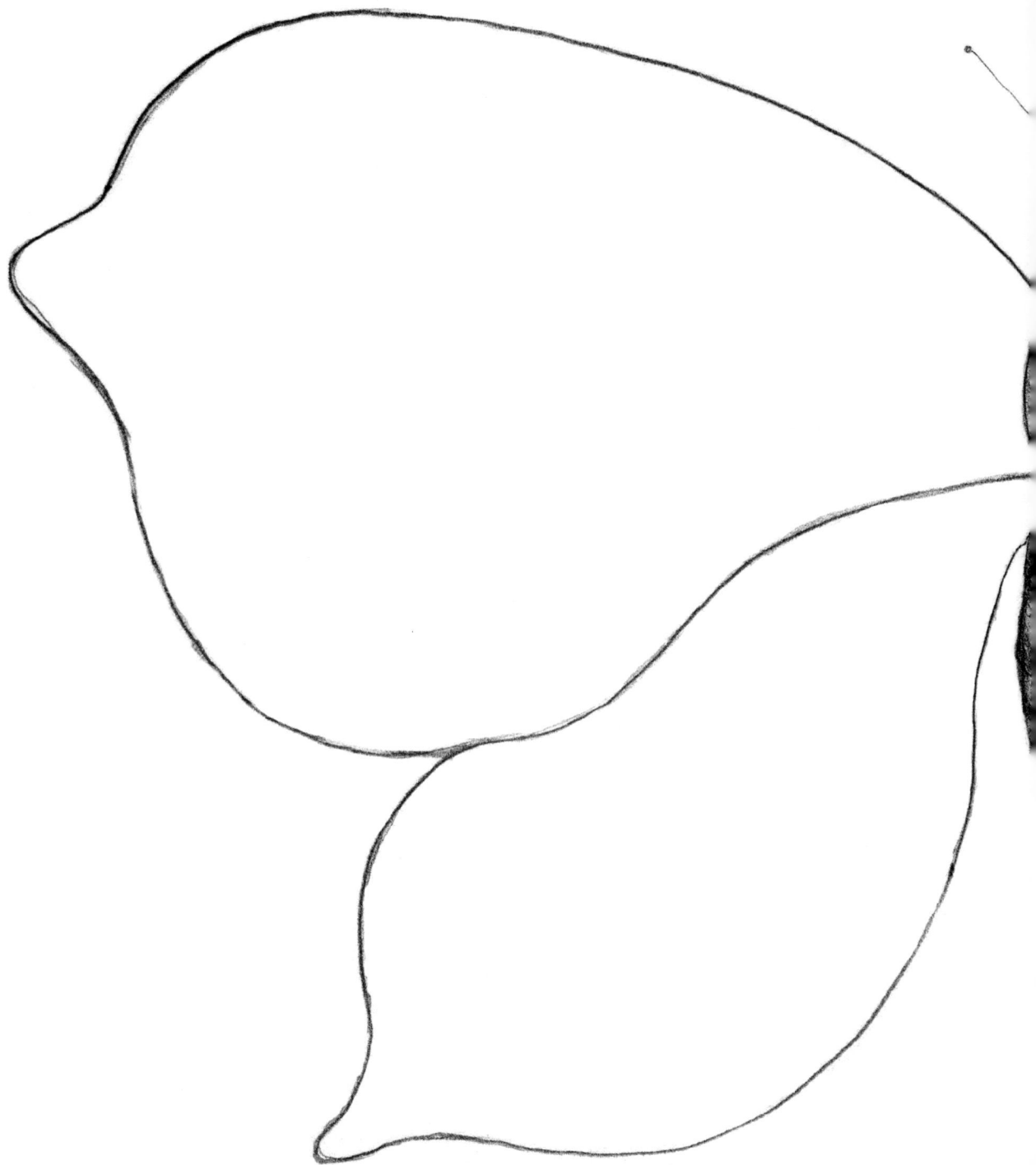

你的蝴蝶

参考现实中蝴蝶的颜色，设计一只你想象中的神奇蝴蝶。
给它取个名字。

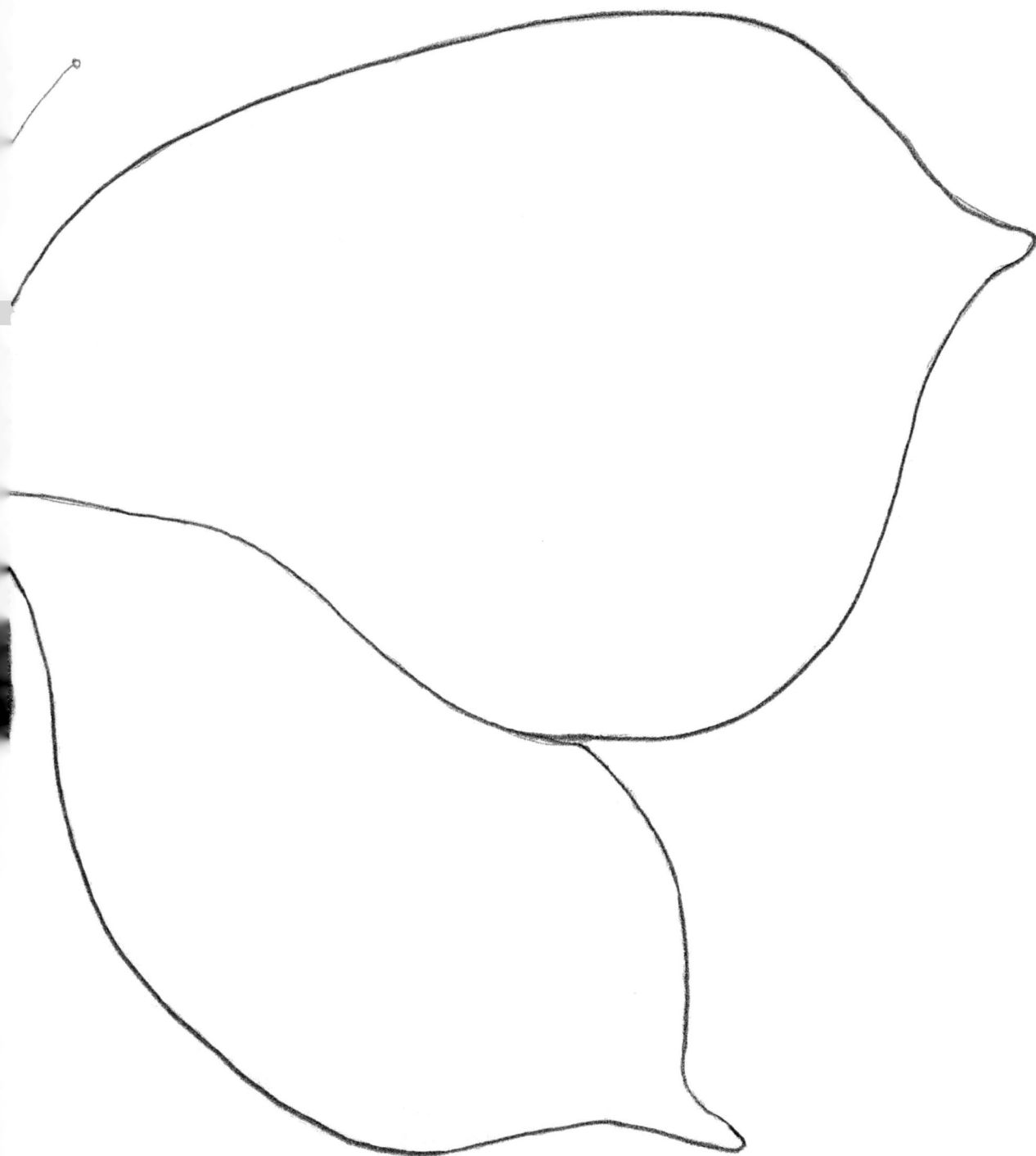

飞 蛾

飞蛾在夜间飞行。

如果你想观察它们：
你可以把一条白床单用晾衣绳挂在花园中。
当夜幕降临，你用手电筒照一下那条床单。你将会看到飞蛾和一些其他昆虫飞向你的床单。

这是一只飞蛾：

它的身体又肥又短。
它有一对羽状触须。
它的颜色很单调。

当它休息的时候，它会向上合起翅膀。

白天   黑夜

太阳下山后，再听一听大自然的声音，声音有所不同。

动物经过整个白天的觅食、奔跑和飞翔，它们都累了，它们躲起来睡觉了。不一会儿，大自然就安静了下来。

慢慢地，一些夜行动物出现了。一些小型啮齿动物钻出了它们的洞；狐狸开始游荡；蝙蝠、猫头鹰、飞蛾都飞出来了。

看一看后面几页的动物。在大人的帮助下，读出它们的名字。

你可以把它们剪下来。如果它们是白天出门的日行动物，你可以将它们粘贴在白天那一页，如果它们是晚上出门的夜行动物，你可以将它们粘贴在黑夜那一页。

白天

蝙蝠

蜻蜓

猫

老鼠

鸟

瓢虫

刺猬

飞蛾

松鼠

兔子

猫头鹰

蝴蝶

黑夜

呜——呜——呜

冬天和春天的夜晚异常美丽。
猫头鹰叫着，
它发出"呜——呜——呜"的声音，
打破了宁静。

试着用嘴和手模仿出猫头鹰的叫声，并与它们对话。

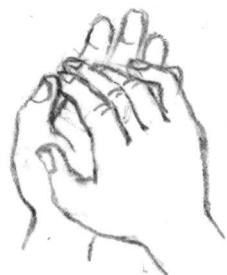

将你的两只手掌心相对，
并在中间留下空隙。

大拇指轻轻地合在上面，
留出一个小孔。

往小孔里面吹气。

你可以在夜晚对着窗外吹气，
也许猫头鹰会来答复你。

经过这次长途跋涉，巴尔达萨和佩平带回来了一件猛兽的标本……

制作你的标本

在郊游途中，巴尔达萨和佩平捡到了一些树叶、
摘到了一些花。返回到家中，他们开始制作标本。
你也可以制作标本，并把它们放在后面几页上。

你需要：剪刀、铅笔、笔记本和小袋子。

大约上午十一点，露水已经蒸发完了，
这是采集样品最理想的时间： 如此，
花朵的颜色和能量就会被保存起来。
理想的季节是在春天或者秋天。

连枝带叶地剪下植物。
小心地将根系留在土里，如此，
植物来年还会开花结果。
每个标本只选用一到两朵花。
请大人在笔记本上，帮你具体地记录下：
植物的名字，采摘的地点，采摘的日期。
然后，将每个植物和它的记录一起，放进一个小口袋。

按压花朵使它变得干燥

为了更好地使你的花朵变得干燥，
你需要使用容易渗水的纸，如此才能让潮湿的花朵变得干燥，
卫生纸、吸水纸或者报纸都是很好的选择。

将花朵和它的记录平铺在报纸上，
然后盖上另一层报纸或者吸水纸。

将它们夹进一本厚厚的书里，
然后用另一本书压在上面，保持2到3个星期。

怎样很好地粘贴这些花朵？

经过2到3个星期之后，你按压过的花朵已经变得很干燥了。

你可以将它们粘贴在你的标本集中，

将每朵花仔细地平铺在你的页面上。

剪下细条状的装饰胶带，将你的花朵固定在页面上。

让大人在标签上帮你写上：

花朵的名字、采摘的日期和地点。

这是巴尔达萨和佩平一起做的标本：

花朵的名字：胡萝卜花
日期：在郊游期间
采摘地点：花园里

_ _ _ _ _ _ _ _ 的标本集_

_ _ _ _ _ _ _ _ _ _ _

_ _ _ _ _ _ _ _ _

轮到你自己做标本了，
将你的花朵粘贴在下一页，
并在标签上写下它的名字，
采摘的日期和地点。

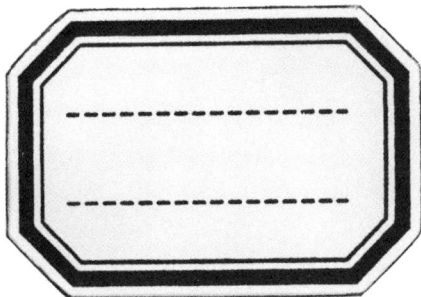

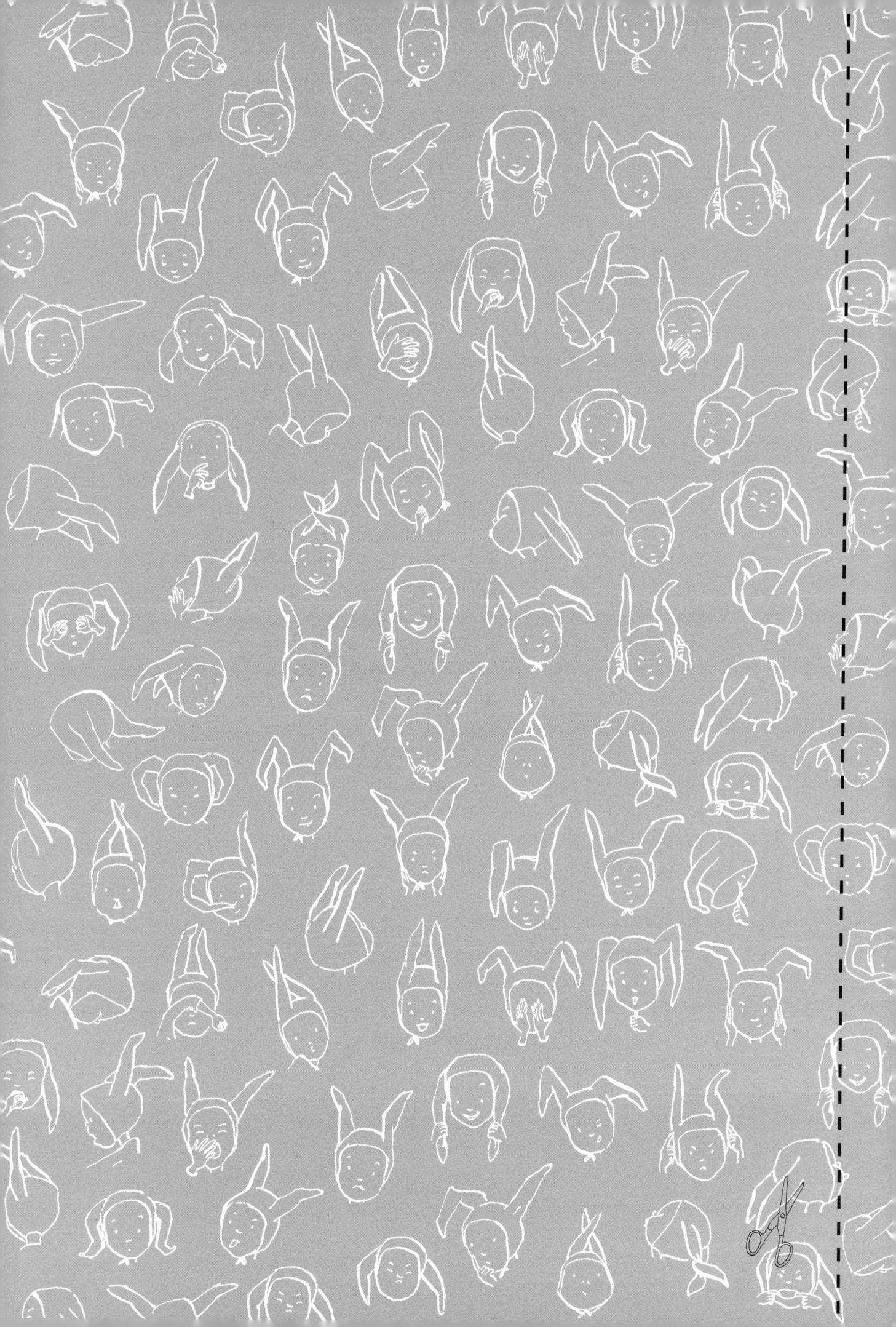

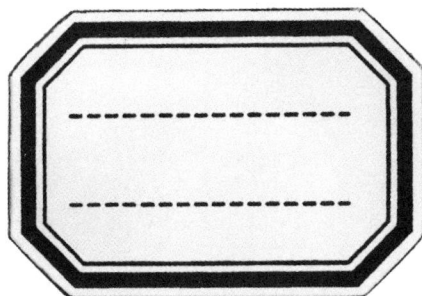

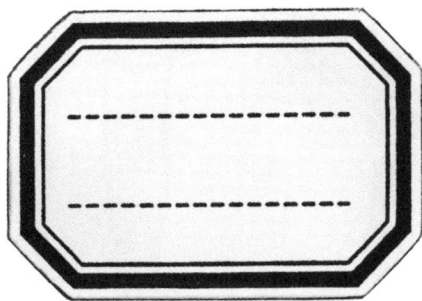

蒙台梭利

自己做　做中学

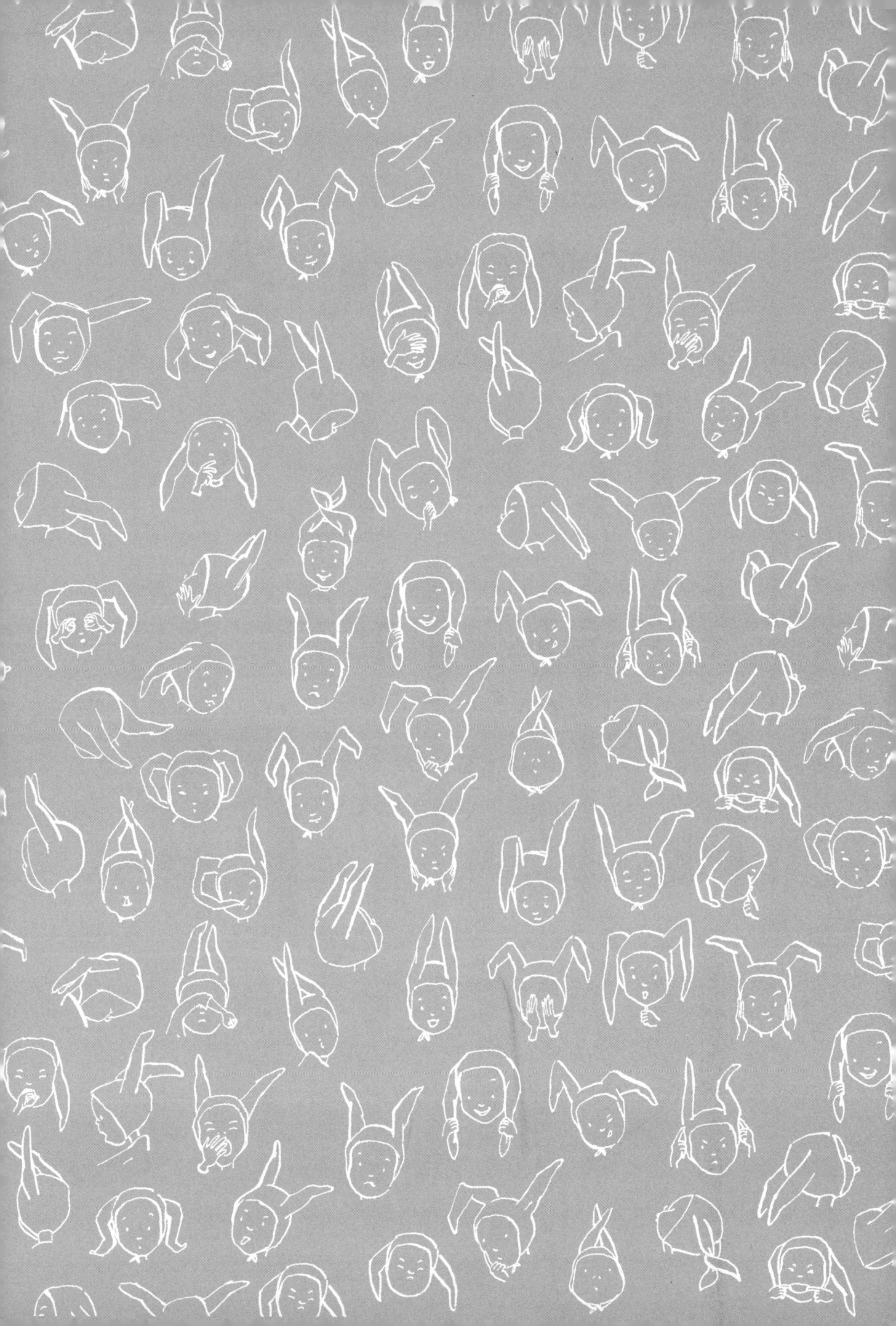